O MAR NOS SEUS OLHOS

elisa ribeiro

URUTAU
julho de 2023

O —
editora Urutau

avenida peirao besada, 6 - 2D
36163 poio-pontevedra
(espanha)

rua cajus, 478
jardim das cerejeiras, cotia — sp
brasil
06724-015

[+55] 11 94859 2426 [brasil]
[+34] 644 951 354 [galiza]

www.editoraurutau.com.br
contato@editoraurutau.com.br

[EDITORA]
debora ribeiro rendelli
[REVISÃO]
marcella sarubi
[PROJETO GRÁFICO]
wladimir vaz
[COORDENAÇÃO GRÁFICA]
tiago fabris rendelli
[DIAGRAMAÇÃO]
victor h. azevedo

dados internacionais de catalogação na publicação (CIP) de acordo com ISBD

Ribeiro, Elisa
R484m O mar nos seus olhos / Elisa Ribeiro. - Cotia : Urutau, 2023. 88 p. ; 12cm x 16,5cm.

ISBN: 978-65-5900-540-6

1. Literatura brasileira. 2. Teatro. 3. Dramaturgia. I. Título.

2023-1848 CDD 869.8992
CDU 821.134.3(81)

Elaborado por Vagner Rodolfo da Silva - CRB-8/9410

sumário

Para José Alberto,
sem nós esta história não teria sido contada.

PERSONAGENS

MARINA

PAULO

GARÇOM

GARÇONETE

FOTÓGRAFO

COMANDANTE

HOMEM IDOSO

CONSTANÇA

SOLANGE

MARGARETH

PATRÍCIA

FERNANDO

ANIMADOR

MARINHEIRO 1

MARINHEIRO 2

CENA 1

PERSONAGENS: *Paulo, Marina, Garçom e Garçonete*
LOCAL: *Café*

Há muito tempo sem se ver, Paulo e Marina, por iniciativa dela, marcam um encontro em um Café. Foram casados, separaram-se consensualmente na meia-idade, tiveram outros relacionamentos, mas atualmente vivem sozinhos. Paulo anda com dificuldade com o auxílio de uma bengala. Entra no Café, senta-se. Há algumas mesas ocupadas. Após alguns instantes, um garçom o aborda.

GARÇOM
Boa tarde! O senhor já pediu?

PAULO
Boa tarde! Por acaso você já indagou se eu quero pedir alguma coisa?

GARÇOM
Aqui está o cardápio...

PAULO
Você é novo por aqui, rapaz?

GARÇOM
Comecei na semana passada. Por quê, senhor?

PAULO
Logo vi! Frequento este Café há anos e conheço o cardápio de cor. Quero um expresso. Curto, por favor. E uma água mineral. (*Paulo folheia um jornal)*

O Garçom traz o café e a água.

GARÇOM
Aqui está, senhor.

PAULO (*Após provar o café*)
Mas que café é esse? Frio e fraco! Eu pedi um café curto e você me traz essa coisa aguada? E frio, ainda por cima!

GARÇOM
Eu... eu... tra... trago um novo para o senhor. Desculpe... (*O Garçom se afasta*)

Paulo retira do bolso uma caixa de comprimidos, coloca três deles sobre a mesa e os ingere com água. Passados alguns instantes, uma Garçonete traz o novo café.

GARÇONETE

Aqui está seu café, curto como o senhor pediu. Eu esquentei a xícara antes de tirar. (*Coloca o café sobre a mesa*) O Garçom é novo, está aprendendo ainda. Veja se está como o senhor gosta.

PAULO

Agora, sim! Obrigado, senhorita. (*Inquieto, Paulo consulta o relógio e tamborila na mesa com os dedos. Marina está atrasada*)

PAULO

Hoje ela vai ouvir. Ah, vai! Deselegância uma mulher deixar o homem esperando. Podia ligar, mandar uma mensagem. Ah, mas ela vai ouvir. Ah, vai, tudo que está entalado aqui... (*Passa a mão na altura da garganta*) na minha garganta, há anos. O que ela pensa da vida? O tempo passa e ela não se emenda! Sempre atrasada, fazendo as pessoas esperarem. Não, não pode ser assim! A pessoa tem que ter consideração com os outros. (*Pausa*) Mas e se aconteceu alguma coisa? Valha-me Deus, esta cidade está tão violenta. Minha Nossa Senhora! Por que ela não chega? (*Junta as mãos como em oração*) Senhor Jesus, protegei-a! Fazei com que nada de ruim tenha acontecido. (*Pausa*) Tomara que seja só o trânsito. Mas por que, raios, ela não saiu de casa mais cedo? *(Paulo continua mexendo a boca como a persistir nas reclamações. Marina entra em cena executando passos coreografados que demonstram agitação. O coro da cena é formado pelo Garçom, Garçonete e clientes sentados às mesas do Café)*

Música.

MARINA

Estou sempre atrasada,
Desde quando era bem jovem,
Mas nessa idade avançada,
Vivo atrasada também.

CORO

E daí? O que é que tem?

MARINA

Será que ainda dá tempo
De fazer uma mudança,
Deixar esse comportamento
Que tenho desde criança?

CORO

Sempre há tempo pra mudança!

MARINA

Mas uma coisa me intriga:
Para quase tudo na vida
Nenhuma diferença faz
Chegar cinco minutos adiante
Ou quinze minutos atrás.

CORO

Exceto em voo de avião
ou, talvez, aulas de dança.

Marina termina a dança diante de Paulo. Ajeita com as mãos a roupa e o cabelo antes de se dirigir a ele.

MARINA

Rezando, Paulo?

PAULO (*Surpreendido com a chegada de Marina*)

Desculpe, estava distraído. Contando até cem para não dizer poucas e boas para esse Garçom novato que não sabe atender um cliente antigo da casa.

MARINA

Eu que lhe devo desculpas pelos dez minutinhos de atraso.

PAULO

Dez?!

MARINA

Vinte? Cinco? O motorista escolheu mal o caminho, pegamos muito trânsito.

Paulo levanta-se. Trocam um longo abraço e Paulo volta a sentar. O Garçom se aproxima e afasta a cadeira para que Marina sente. Marina olha ao redor, está sentada de costas para os outros clientes, tendo Paulo a sua frente.

MARINA (*Para si mesma, conformada*)

Continua o mesmo: nota zero em cavalheirismo. Como sempre, escolheu para si o melhor lugar à mesa. (*Para o Garçom*) Obrigada, rapaz! (*Para Paulo*) Você está muito elegante com essa camisa azul!

PAULO

Obrigado! Essa camisa… lembra? Presente de aniversário.

MARINA

Não acredito! (*Passa a mão nos punhos da camisa e nos antebraços de Paulo pousados sobre a mesa*) Os botões ainda fecham! O tempo não passa para você.

PAULO

Você está sendo gentil. (*Aproxima-se para sentir o perfume dela*) Esse seu perfume de flores. (*Aspira*) O mesmo desde nosso primeiro encontro.

MARINA

Sim, o mesmo. Quando gosto de alguma coisa, é para sempre. Nosso primeiro encontro. Automóvel Clube?

PAULO

Clube Regatas.

MARINA

Exatamente! Regatas Clube!

PAULO

Sabe...

MARINA

Sei?

PAULO

Sabe?

MARINA

O quê?

PAULO

É que...

MARINA

Diga, querido...

PAULO
Um chá?

Marina levanta-se, dá alguns passos, para bruscamente, olha em torno e retorna à mesa, embaraçada.

MARINA (*Fala no ouvido do Paulo*)
Por um momento, achei que estávamos na nossa casa. Levantei-me para ir buscar o chá. Que cabeça, a minha. Deve ser a emoção de rever você.

PAULO
Garçom!

GARÇOM
Pois não, senhor! Deseja pedir algo mais?

PAULO
Não, eu chamei você porque estava com saudade. Traga um chá e mais um expresso. Curto e quente! Pergunte à sua colega como é que faz.

GARÇOM
Sim, senhor.

MARINA
Como é seu nome, meu jovem? (*Tentando contornar os maus modos de Paulo*)

GARÇOM
Jorge Augusto.

MARINA
Que nome bonito! Seus pais fizeram uma ótima escolha.

PAULO (*Antipático*)
Pode ir!

MARINA
A juventude me encanta!

PAULO
A mim também. (*Olhando para a Garçonete que, de costas, limpa a mesa ao lado*)

MARINA (*Divertida*)
Não seja saliente, Paulo! Você pode ser processado por assédio.

PAULO (*Cínico*)
Como assim? Estou só admirando uma moça bonita.

MARINA
Sei... Como você está? Totalmente recuperado?

PAULO
É um pouco de exagero falar em recuperação total. Mas estou bem melhor agora. A única sequela é essa perna meio boba. O médico garantiu que, em pouco tempo, não vou precisar mais da bengala, mas acho que é só para eu não desanimar da fisioterapia. Vamos ver (*Pausa*) você, sim, está ótima!

MARINA
É, você sabe, eu me esforço, estou sempre me cuidando.

O Garçom traz o café e o chá.

MARINA
E os biscoitos?

PAULO
Nós não pedimos biscoitos, Marina.

MARINA
Ah, é mesmo.

PAULO
Garçom, traga alguma coisa para acompanhar o chá da senhora. Pode ser uma fatia de bolo.

GARÇOM
O café está bom?

PAULO (*Prova o café*)
Muito bem! Você acertou dessa vez!

GARÇOM
Obrigado, senhor. Já trago o bolo.

Marina ergue sua xícara, mas suas mãos tremem. Fica constrangida e pousa novamente a xícara no pires. Paulo a observa.

PAULO
Está muito quente?

MARINA
É, vou esperar esfriar um pouco.

PAULO
Você disse que tinha uma coisa importante para conversar comigo.

MARINA
Não devíamos ficar tanto tempo sem nos encontrar.

O Garçom traz uma fatia de bolo.

GARÇOM
É bolo de chocolate, senhora. Foi feito há pouco.

MARINA
Muito obrigada, rapaz! (*Sendo agradável com o Garçom*) Adoro bolo de chocolate.

PAULO
Novidade! Você nunca ligou para chocolate…

MARINA
Pois eu mudei. Agora gosto!

O Garçom e a Garçonete circularão em torno da mesa dos idosos, discretamente, atentos ao que conversam, até o final da cena.

PAULO
Sim, e o assunto importante que você quer falar comigo?

MARINA
Pois então, Paulo, nós devíamos nos encontrar com mais frequência.

PAULO
Calculo que a última vez que nos vimos faz uns três anos. Foi no velório da Rosa, lembra?

MARINA
Rosa? Hum, acho que lembro...

PAULO
Moramos em cantos opostos da cidade. Eu não dirijo mais, tampouco você dirige. Tudo fica mais difícil na nossa idade.

Marina leva à boca um pedaço de bolo, fazendo uma pausa antes de tocar no assunto que motivou o encontro.

MARINA
Você se lembra do nosso trato?

PAULO
Trato? Que trato?

MARINA
Não acredito que você não lembra! O nosso plano, Paulo, o acordo que fizemos quando ainda éramos casados, quando nos sentíamos tristes vendo nossos pais, nossos tios se entrevando, ou enlouquecendo na velhice. Não lembra o que combinamos para quando nós ficássemos velhos?

PAULO (*Divertido*)
Por acaso você está falando daquele nosso plano mirabolante de suicídio simultâneo quando estivéssemos caducos?

MARINA

Isso! Estamos quase passando da hora.

PAULO

Você está brincando, não é, Marina? Eu, tudo bem, estou meio mal das pernas, literalmente, depois do derrame. Mas você? Está uma garota! Vai passar dos cem, fácil.

MARINA

Eu não estou brincando, Paulo. Esse trato para mim sempre foi uma coisa muito, muito séria entre nós. E a gente não pode deixar passar da hora. Porque se passa da hora, ficamos velhos demais para executá-lo. Entendeu? (*Marina tira da bolsa um folder de uma agência de viagem*)

MARINA

Olhe aqui. Já escolhi o navio. O cruzeiro parte daqui mesmo e cruza o Atlântico. Portugal, Espanha, Reino Unido, Bélgica, França e sei lá mais quantos países. Podemos escolher de onde vamos nos jogar: "mãos e pés atados, / no mar azul,..."

PAULO

"... cada vez mais fundo..."

MARINA

"... para sempre...."

PAULO

"... eternamente juntos!"

MARINA

Como no teatro ou num filme! Muito romântico!

PAULO

Um cruzeiro, vários portos, cruzar o Atlântico. É, pode ser uma boa ideia. Deixe ver o roteiro. (*Paulo toma os folhetos das mãos de Marina e os examina, os dois continuam a conversar em voz inaudível ao público)*

CENA 2

PERSONAGENS: *Paulo, Marina, Marinheiro 2*
LOCAL: *Área de embarque do porto*

Paulo aguarda Marina na hora e local de embarque, andando de um lado para o outro, consultando o relógio. Em torno dele circulam outros passageiros do cruzeiro. Marina está atrasada novamente. Chega ofegante, elegantemente vestida e puxando uma mala enorme.

MARINA
Oi, querido. Eu devia ter chegado um pouquinho antes, retocar o batom, ajeitar o cabelo.

PAULO
Você está perfeita, Marina, como sempre! E, como sempre também, está atrasada!

Os dois trocam um longo abraço.

MARINA

Então, você está animado para a viagem?

PAULO

Claro! Feliz em vê-la e mais ainda por viajarmos juntos. (*Afasta-a para apreciá-la melhor*) Você está linda! De branco, como no nosso casamento.

MARINA

Não é branco, Paulo. É "*off white*".

PAULO

Ah, frescura! Para mim é branco mesmo! (*Olha para a mala enorme que ela trouxe*) Que mala é essa, Marina? Nosso combinado não era viajarmos leves, trazermos apenas o essencial e compramos roupas novas a cada desembarque do navio? (*Aponta para a própria mala*) Eu só trouxe essa mala de mão!

MARINA

Ah, Paulo, eu não consegui! Eu bem estava tentando fazer uma malinha básica, mas as roupas nos cabides pareciam pedir para sair daquele armário escuro e viajar comigo. Mas podemos manter o plano das compras mesmo assim. Só lojas chiques, ao menos uma vez na vida.

PAULO
Será que ainda dá tempo para um café?

MARINA
Não sei. Acho melhor não. Eu com essa mala, você com essa bengala... (*Paulo entristece*). Ah, desculpe, querido, comentário desastrado. (*Toca a mão dele sobre a bengala*) Na verdade eu tenho uma queda por homens de bengala.

PAULO
Marina, não tente remendar. Você só piora a situação.

Pequena pausa. Os dois aparentam estar aborrecidos.

MARINA (*Em tom de provocação*)
Você quer desistir, então?

PAULO
Claro que não, Marina. Desistir de uma viagem com você? Pois se é tudo que eu mais quero há quase trinta anos.

MARINA
E sobre o nosso trato? Vai ter coragem?

PAULO
Estou com você até o fim. Só precisamos conversar sobre os detalhes da execução.

MARINA

Já pensei em tudo! Quase tudo. Só falta observar algumas coisinhas no navio. Daqui uns dois dias, antes do primeiro desembarque, podemos conversar sobre isso. Pode ser?

Uma voz anuncia o início do embarque: "Senhoras e senhores passageiros, dirijam-se à plataforma de embarque". Um Marinheiro leva as bagagens do casal.

MARINA

Vamos logo, Paulo. Não vejo a hora de entrar nesse navio.

CENA 3

PERSONAGENS: *Paulo, Marina, Fotógrafo*
LOCAL: *Plataforma de embarque no navio*

No acesso à plataforma de embarque, um Fotógrafo registra a entrada dos passageiros. Marina sorri para a lente, Paulo mantém-se sóbrio.

MARINA
Do mesmo jeitinho que foi naquele cruzeiro que fizemos para o Caribe logo depois de casados, lembra? Também tiraram uma foto nossa no embarque.

PAULO
Claro que lembro! Por onde andará aquela foto?

MARINA (*Para si mesma*)
Onde andará aquela foto? Onde andará aquela foto? (*Para Paulo*) Deve estar bem guardada, querido, afinal não é sempre que momentos de felicidade são eternizados.

Ao chegarem ao final da plataforma, a foto lhes é oferecida.

MARINA

Cruzes! Quantas rugas!

PAULO

E eu? Parece que estou fazendo uma careta.

MARINA

Ai, ai, Paulo. (*Esticando o rosto com as mãos enquanto fala*) Eu deveria ter feito algumas plásticas quando era mais jovem: lifting, boca, pálpebras…

Paulo segura carinhosamente o rosto de Marina entre as mãos.

PAULO

Esses riscos nos cantos dos teus olhos
Não são marcas, são desenhos
Gravados ao longo do tempo
Por Deus, se crês, senão pelas tuas escolhas

Se tivesses apagado essas linhas
Quiçá desfarias a harmonia
Que entre elas, as linhas, e a pele fina
Sob teus cabelos, frágil seda, se tecia.

MARINA (*Emocionada*)
Que lindo, Paulo. Uma poesia!

PAULO
Você sempre foi minha inspiração, minha musa!

MARINA (*Executando um trejeito de dança*)
Terpsícore!

CENA 4

PERSONAGENS: *Paulo, Marina, Capitão (Voz)*
LOCAL: *Corredores do navio*

PAULO
Temos que procurar nossas cabines.

MARINA
Sim, aguardar nossas malas, dar gorjeta ao camareiro. Estou me sentindo a Rose do *Titanic*.

PAULO
E eu o Leonardo DiCaprio?

MARINA
Muito mais elegante do que ele.

Param diante da porta da cabine de Marina.

PAULO
Pronto! Essa é a sua cabine, Marina. A minha deve ficar no outro corredor. Continuo achando que poderíamos ter

compartilhado a cabine. Essa individual foi muito cara! Podíamos ter ficado juntos em uma cabine grande, boa, mais confortável, e ainda teria saído mais barato.

MARINA

Pensando em economia nessa idade, Paulo? Que bobagem. Para que economizar agora? Para levar no caixão? Além do mais, foram quase trinta anos sem dormir com você no mesmo quarto. Seria esquisito.

PAULO

Menos, Marina. E os nossos flashbacks?

MARINA

Nem lembro...

PAULO

Posso vir visitá-la?

MARINA

Prefiro que você me convide para a sua cabine. Para um drinque antes do jantar, que tal?

Ouve-se a voz do Comandante pedindo a presença de todos os passageiros no convés para conhecimento das recomendações de segurança.

COMANDANTE (*Voz*)

Senhoras e senhores passageiros, convidamos todos a comparecer ao convés, onde forneceremos recomendações e procedimentos de segurança a serem observados durante este Cruzeiro. (*Repete*)

CENA 5

PERSONAGENS: *Paulo, Marina, Capitão (Voz), Homem Idoso*
LOCAL: *Convés do navio*

Marina, Paulo e os outros passageiros dirigem-se ao convés. Lá reunidos, ouvem as recomendações do comandante.

COMANDANTE (*Voz*)
Senhoras e senhores passageiros, peço-lhes a máxima atenção às instruções que agora forneceremos. Elas são de máxima importância para a segurança individual de cada um dos senhores e de todos nós — tripulantes e passageiros — nesta embarcação.

Na iminência de qualquer situação de risco, a primeira providência a cargo dos senhores passageiros é dirigir-se imediatamente às respectivas cabines e vestir os coletes salva-vidas que se encontram na prateleira superior do armário. (...)

A voz do comandante deve diminuir de modo e permanecer como plano de fundo à fala dos atores.

PAULO

Está muito apertado aqui, Marina, vamos embora... Não precisamos saber de procedimento de segurança nenhum. Nós temos nosso plano, não faz sentido ficarmos nos espremendo aqui, ouvindo essas baboseiras.

MARINA

Psiu! Fique quieto! Não seja um velho inconveniente! Você está incomodando as pessoas.

Um Senhor Idoso se aproxima de Marina. Paulo o observa. O Senhor se aproxima mais. Paulo simula uma tosse, o Senhor se afasta incomodado. Paulo começa a tossir de verdade.

CENA 6

PERSONAGENS: *Paulo, Marina, Solange, Margareth, Constança, Patrícia e Fernando, Garçom e Garçonete*

LOCAL: *Restaurante do navio*

Três mesas de jantar. Na mesa do centro, Paulo e Marina; na da esquerda, três mulheres de meia-idade; na da direita, um casal jovem. Menu escolhido, os anciãos conversam alheios ao que se passa ao redor. Olhos nos olhos, corpos em quarenta e cinco graus, palavras que fluem ao sabor das reminiscências comuns. Garçom e Garçonete circulam, não tão alheios ao que os idosos conversam. Tampouco as mesas vizinhas conseguem resistir ao magnetismo que o casal irradia.

PAULO

Estou sonhando.

MARINA

Com o prato principal? Já vai chegar…

PAULO

Estou sonhando com você...

MARINA

Pode me beliscar (*Sedutora*)

... eu sou real.

PAULO

Jamais beliscaria um aroma de flores, posso apenas sentir.

MARINA

Sinta... (*Inclina ainda mais o corpo em direção a Paulo e manda-lhe um beijo pelo ar*)

À *mesa do lado esquerdo, três senhoras de meia-idade, bem-vestidas e maquiadas, observam o casal. Esforçam-se para ouvir a conversa.*

SOLANGE

Ridículos, aposto que ele tomou Viagra!

MARGARETH

Caminhamos todos para lá...

SOLANGE

Deus que me defenda e guarde! Prefiro uma boa noite de prazer sozinha.

CONSTANÇA
Sozinha?! Como assim?

SOLANGE
Ai, credo, Constança, você parece uma noviça!

MARGARETH
Coitadas das noviças, nem elas são tão ingênuas...

CONSTANÇA
Se, quando todos os meus cabelos estiverem brancos, um homem segurar minhas mãos carinhosamente e olhar nos meus olhos... O que mais poderia eu pedir a Deus?

MARGARETH
Pra mim, já deu! (*E gritando para o Garçom*) Garçom, me traga uma vodca!

CONSTANÇA
Você bebe vodca?

MARGARETH
Não, amiga... entorno!

CONSTANÇA
Calma, Margareth... a vida é mais do que homem e álcool.

MARGARETH
Ham, ham!

SOLANGE
Sim, a minha vida é mais simples do que isso: é só homem!

CONSTANÇA
A ansiedade não leva a nada. Você pagou este cruzeiro caro por causa de homem? E a nossa companhia? Nossas conversas, a comida boa, os lugares, as compras…

SOLANGE (*Delicadamente*)
Desculpe, querida, mas é que, paralelamente à agradável companhia de vocês, eu queria distrair meus olhos com homens bonitos.

MARGARETH
Se for só para distrair os olhos, da próxima vez você pode pegar um cruzeiro gay!

Recebe a vodca das mãos do Garçom e toma tudo de uma única vez.

As três riem às gargalhadas, inclusive Constança. Todos no salão olham com reprovação as risadas das mulheres, menos o casal de idosos, que mantém os olhos sobre as próprias mãos, carinhosamente unidas sobre a mesa.

MARINA
Suas mãos estão quentes, Paulo. Você está seguro, então, sem medo da vida, sem medo de mim.

PAULO
Nunca tive medo de você.

MARINA
Eu sei.

PAULO
Um beijo?

MARINA (*Olhando ao redor*)
Quem?

PAULO
Ainda não ocorreu.

MARINA (*Fingindo curiosidade*)
Onde?

PAULO
Bem aqui nesta mesa, entre nós dois.

MARINA
Claro, meu amor. (*Oferece as duas mãos para serem beijadas*)

Na mesa da direita, um pouco mais distante, um jovem casal observa a cena.

PATRÍCIA
Olha que gracinha, Fernando! Tão diferente dos meus pais, sempre aos gritos. Será que nós vamos envelhecer assim, apaixonados?

FERNANDO
Eles não são casados, Patrícia. Estão em cabines separadas...

PATRÍCIA
Sério?

FERNANDO
Ela está no nosso corredor, ele, num corredor adiante. Eu vi quando ele passou para pegá-la antes do jantar. Devem ser amantes.

PATRÍCIA
Será? Nessa idade?

FERNANDO
Nesse chamego todo, só pode.

PATRÍCIA
Podem ser namorados.

FERNANDO
Muito esquisito.

PATRÍCIA
Por que esquisito? Namorados é mais romântico.

FERNANDO
Será que nessa idade ainda fazem sexo?

PATRÍCIA
Você só pensa em sexo, Fernando! Eu falando de namoro, de romance e você vem com essa vulgaridade de sexo. Que falta de romantismo!

Fernando levanta-se, rouba duas flores de um arranjo que decora o restaurante, deixa uma delas ao lado de Paulo, sobre a mesa, e leva a outra para a esposa. Patrícia sente-se lisonjeada e retribui a gentileza com um beijo. Paulo pega a flor, sente o aroma e faz menção de entregá-la a Marina, mas ela se mostra subitamente seca.

MARINA
Você nunca me deu flores quando éramos casados, mas certa vez presenteou a Leda com um arranjo de orquídeas, não foi? Lembro bem do cartão que ela mandou, agradecendo. Achei sem querer no seu bolso.

Paulo pousa a flor de volta na mesa.

PAULO
Leda? Que Leda?

MARINA
Não se faça de desentendido, Paulo!

PAULO
Quem é essa Leda, Marina? Não conheço ninguém com esse nome...

MARINA
Ah, não conhece? Houve uma época em que você vivia falando nela.

PAULO
Espera aí. Uma que foi minha funcionária?

MARINA
A própria! Cadeiruda, cara de sem-vergonha.

PAULO
Ah, Marina, faz favor. De que cova você desenterrou esse fantasma? Era uma menina, além do mais, aquelas ancas largas, os tornozelos grossos. Nunca foi meu tipo. Nem lembro por que mandei as flores para ela. Deve ter sido quando ela foi transferida para outro departamento.

MARINA
Sei.

PAULO
Eu nunca tive olhos para outra mulher quando éramos casados, Marina. Sempre fui fiel. Mesmo depois de separados. Saía com outras mulheres, claro, mas sempre sentia saudade de você, de nós.

MARINA
Difícil acreditar, Paulo. Todos os homens são iguais. Todos traem, e essa Le....

Paulo não permite que ela conclua a frase.

PAULO
Poucos homens têm a sorte que eu tive de ter ao lado uma mulher como você. O medo de perdê-la me impediu de traí-la quando éramos casados. O desejo de ter você de novo não permitiu que eu me envolvesse com outra mulher depois de separados. Essa é a verdade. Eu amava você, Marina. Eu nunca deixei de amá-la.

Marina se cala, emocionada. Enxuga com a ponta dos dedos os cantos dos olhos, úmidos de lágrimas.

PAULO

Por que você acha que estou aqui, nesse cruzeiro, Marina? É por você. Concordei com esse seu plano maluco porque não suporto a ideia de você partir antes de mim, tampouco a hipótese de eu não estar mais vivo para apoiá-la se você precisar. Mesmo após tantos anos de separação.

MARINA

Melhor mudar de assunto. Meus olhos estão borrados?

PAULO (*Após uma pausa*)

Sim, vamos mudar de assunto. (*Nova pausa*) Que tal um licor, ou melhor, um vinho do porto na minha cabine?

MARINA

É um convite tentador, mas acho melhor não. O dia foi muito cheio. Você deve estar cansado e eu estou com um pouquinho de dor de cabeça.

Encaram-se por um instante, olhos nos olhos, em silêncio.

PAULO

Como queira.

Paulo e Marina levantam-se e retiram-se do restaurante de braços dados, altivos e elegantes. O Garçom e a Garçonete, antes atentos de forma discreta à conversa, acompanham com os olhos a saída do casal. Em seguida, começam a retirar a mesa. A Garçonete pega a flor, leva-a ao peito e a coloca no cabelo.

CENA 7

PERSONAGENS: *Paulo, Marina, Garçom, Animador, Comandante, Patrícia e Fernando*
LOCAL: *Área de lazer e corredores do navio*

Passada a primeira noite, Paulo e Marina caminham, após o desjejum, pela área de lazer do navio. Alguns passageiros relaxam ao sol, outros se movimentam ao som de música, seguindo os passos de um animador. O Comandante circula pelo ambiente, cumprimentando cada um dos passageiros.

MARINA (*Jovial*)
Como foi a noite, meu querido? Dormiu com os anjos e sonhou comigo?

PAULO (*Mal-humorado*)
Dormi com o capeta e acordei com o satanás...

MARINA (*Fazendo o sinal da cruz*)
Cruzes, Paulo!

PAULO
Ontem à noite, um casal aos berros discutindo; hoje pela manhã, uma criança chorando.

MARINA
Casamento é muito difícil...

PAULO
Crianças, filhos, ainda mais...

MARINA
Até que fomos bem sabidinhos...

PAULO
Por quê?

MARINA
Ora, Paulo, nós nos separamos antes das brigas, do marasmo, do tédio. Foi sabedoria isso.

PAULO
É, talvez. Mas eu acho que nossa sabedoria mesmo foi não ter tido filhos.

MARINA
Hum, disso eu me arrependo um pouco. Mas só um pouquinho. Acho que eu não daria uma boa mãe. Gosto mes-

mo é de ser irmã... Também gostava de ser filha. (*Entristece subitamente e logo em seguida se anima*) Vamos tomar um café?

PAULO

Marina, nós acabamos de tomar o café da manhã.

MARINA (*Embaraçada*)

Ah, é mesmo. Um expresso, então.

PAULO

Desde quando você toma expresso?

MARINA

É, eu prefiro chá, não é?

O Garçom passa com uma bandeja de drinques.

PAULO

Garçom!

GARÇOM

Pois não, senhor?

PAULO

Eu estou reconhecendo você de algum lugar, meu jovem.

GARÇOM

Do jantar de ontem, talvez?

PAULO

Não, antes disso...

GARÇOM

Talvez um outro Garçom. Somos todos parecidos, as mesmas roupas, os mesmos trejeitos.

PAULO

É, pode ser. Nós queremos um expresso e um chá, por favor.

GARÇOM

O expresso é curto. Correto, senhor?

PAULO

É, isso mesmo!

GARÇOM

Permitam-me, entretanto, sugerir-lhes. (*Gesticula, mostrando o ambiente*) Esse sol, essa brisa, não seria mais adequado um drinque? Temos verde, amarelo, rosa, vermelho e azul.

MARINA

Quero o amarelo. Não! O rosa para mim!

PAULO

Eu queria um cinza, mais sóbrio, mas como você não tem, pode ser o azul mesmo.

GARÇOM

Aqui estão. (*Serve-lhes os drinques e se vai*)

Enquanto bebem, Paulo observa com desgosto os passageiros executando passos coreografados de funk sob o comando do animador.

PAULO

Envelhecer tem suas vantagens. Muito poucas, mas tem.

MARINA

Esse drinque está bom. E o seu? Essa coisa azul tem gosto de quê?

PAULO

Detesto quando você faz isso, Marina. Estou falando uma coisa e você corta o assunto.

MARINA

Ah, meu querido, desculpe. Foi sem querer.

PAULO

Eu estava falando das vantagens de envelhecer.

MARINA

A única que eu conheço (*Abaixa a voz*) é a gente ficar invisível.

PAULO

Hein?

MARINA

Já observou como os mais jovens nos ignoram? Como se nós fossemos invisíveis?

PAULO

É claro! Acontece toda hora. Não prestam atenção no que fazemos, no que falamos, no que queremos. É como se não existíssemos. Mas que raios de vantagem você vê nisso, Marina?

MARINA (*Abaixando o tom de voz, como a revelar um segredo*)

Se não nos veem, podemos fazer qualquer coisa.

PAULO

É, isso é uma vantagem.

MARINA (Ainda em tom de segredo)

Eu desenvolvi uma habilidade, uma espécie de truque.

PAULO

Um truque?

MARINA

Consigo ficar invisível sempre que me é conveniente.

PAULO

Eta, Marina. Lá vem você com as suas loucuras.

MARINA

Quer ver?

Marina toma o copo de Paulo e o pousa junto ao copo dela sobre a mesa. Em seguida, faz um passo de dança — um giro — e luzes coloridas envolvem o casal.

MARINA

Uma dança, cavalheiro?

PAULO

Eu não consigo dançar com essa bengala.

MARINA

Apoie-se em mim, querido.

Dançam uma valsa. O Capitão, que circula ocupado em cumprimentar cada um dos passageiros, passa direto entre eles, sem vê-los.

MARINA

Reparou como o Capitão passou entre nós e não nos cumprimentou? Ele não nos viu!

PAULO

Isso é incrível, Marina!

Cessam as luzes coloridas sobre Paulo e Marina. O casal interrompe a dança.

PAULO

Bem melhor dançar do que se agitar que nem macaco ao som dessa música primitiva.

Paulo imita desajeitadamente um passo de funk e aponta para o grupo que se movimenta ao som da música.

MARINA

É uma dancinha de mau gosto mesmo, mas eles estão se divertindo. E você, se comporte! Não estamos mais invisíveis.

Patrícia e Fernando estão no grupo do funk. Ao avistar o casal idoso, Patrícia sinaliza para o marido que quer falar com eles. Fernando tenta convencê-la a não incomodar o casal.

PATRÍCIA

Olha ali! Aquele casal que jantou ao nosso lado ontem. Vou lá falar com eles.

FERNANDO

Falar o que, Patrícia? Os velhinhos estão ali, curtindo. Você vai lá incomodar?

PATRÍCIA

As pessoas idosas gostam de atenção, Fernando. Podem estar se sentindo sozinhos. Vou ali conversar um pouco com eles.

Patrícia vai ao encontro de Paulo e Marina. O marido a segue.

PATRÍCIA

Bom dia! Nós jantamos ontem na mesa ao lado de vocês.

MARINA

Sim, minha filha. E…

PATRÍCIA

Eu vim aqui cumprimentá-los.

MARINA

Ah, muito prazer! Eu sou a Marina e esse aqui é o Paulo.

PATRÍCIA

Patrícia e Fernando. (*Se apresenta, e ao marido*) Eu achei lindo o carinho de vocês um com o outro ontem e quis vir aqui dizer que vocês são uma inspiração para mim, quer dizer, para nós.

Paulo se mexe com impaciência.

PAULO (*Ranzinza*)
Era tudo teatro!

MARINA (*Para Paulo*)
Não seja grosseiro. (*Para Patrícia*) Nós ficamos felizes em ser inspiração para um casal tão jovem e simpático.

PATRÍCIA
Só mais uma coisa.

MARINA
Sim?

PATRÍCIA
Posso tirar uma foto com vocês?

MARINA
Uma foto?

PATRÍCIA
É. Uma selfie. Para postar no meu Instagram. Tudo bem?

MARINA (*Para Paulo, empolgada*)

Estou me sentindo uma artista... (*Em seguida, preocupada*) ... ou um mico de circo, uma atração turística, uma peça de museu...

PAULO

Outra foto? Não!

MARINA

Relaxe, Paulo. Deixe comigo.

Marina faz novo giro como que a reposicionar-se para a foto. O foco de luz colorida incide mais uma vez sobre ela e Paulo. Patrícia tira várias selfies, mas quando vai checá-las observa que Paulo e Marina não aparecem.

PATRÍCIA

Que bizarro! Vocês não aparecem nas fotos.

MARINA

É mesmo? Deixa ver. (*Toma o celular da mão de Patrícia*) Estranho. Deve ser a luz. Mais tarde a gente tenta de novo. Agora nós temos que ir. Foi um prazer conhecê-los. Até logo!

Paulo e Marina se afastam do casal, que os observa intrigado. Depois de alguns passos, Marina retorna.

MARINA

Esquecemos nossos drinques.

Pega as bebidas deixadas sobre a mesa e caminha de volta em direção a Paulo.

PAULO

Você precisa me ensinar esse truque, Marina!

MARINA

Se você merecer, posso lhe ensinar isso e muitas outras coisinhas, querido. (*Abanando-se com as mãos*) Ai, ai... essa bebida cor-de-rosa me deu um calor.

PAULO

Podemos ir até o andar de cima, deve ser mais arejado.

MARINA

Hum, não sei. Acho que prefiro ir para a minha cabine, ligar o ar-condicionado, vestir uma roupa mais fresca.

PAULO

Eu acompanho você.

MARINA (*Caminha um passo à frente de Paulo*)

Muito gentil.

PAULO

Essa bebida azul também produziu um efeito estranho em mim.

Paulo segura Marina pela cintura, vira-a de frente para ele, beijam-se.

MARINA

Oh! Paulo. Assim, à luz do dia?

PAULO

É só ficarmos invisíveis.

MARINA

Ótima ideia, querido!

Marina faz um giro em torno de Paulo. Focos de luzes coloridas acompanham os passos de casal. Eles caminham de mãos dadas pelos corredores até porta da cabine de Marina. Diante da porta, trocam outro beijo apaixonado. Paulo faz menção de ir embora, Marina segura sua mão e o conduz porta adentro.

CENA 8

PERSONAGENS: *Paulo, Marina, Garçom*
LOCAL: *Cabine de Marina*

Após passarem quase vinte e quatro horas juntos, desde a véspera, sem sair da cabine de Marina, Paulo e ela acordam tarde na manhã seguinte. Perderam o horário do desjejum do navio. Estão se preparando para sair da cabine quando ouvem a voz do Comandante anunciando a primeira escala do navio e informando os procedimentos para o desembarque. Marina finaliza a maquiagem diante do espelho, Paulo termina de abotoar a camisa. Do lado de fora da cabine, o Garçom parece interessado no que o casal de idosos conversa.

COMANDANTE (*Voz*)
Senhores passageiros, informamos que em breve iniciaremos os procedimentos para o desembarque em Tenerife. Faz um belo dia de sol e a temperatura está amena.

MARINA

Já estamos em Tenerife? Pensei que só chegaríamos amanhã... Será que ficamos trancados nessa cabine por quarenta e oito horas? (*Uma risadinha*)

Marina tenta passar batom nos lábios, mas o tremor das mãos a impede.

PAULO

Eu ficaria o resto da vida. (*Depois, para si, entristecido*) O pouco de vida que nos resta.

Paulo está ansioso, pensa no que Marina propôs sobre combinarem os detalhes do plano antes do primeiro desembarque. Diz angustiado:

Você falou que conversaríamos sobre os detalhes do nosso plano antes desse primeiro desembarque. Vamos falar sobre isso agora ou em terra?

Marina tenta sem sucesso, pela segunda vez, passar batom nos lábios. O batom escorrega de sua mão, ela o pega do chão rapidamente. Paulo a observa.

MARINA

Acho que estou um pouco nervosa, mas não dá pra sair sem batom. Pareço um cadáver com esses lábios sem cor.

Paulo toma o batom das mãos dela. Beija-a na testa.

PAULO

Olhe pra mim! Dê um sorriso! Agora você vai ter os lábios mais bem maquiados da sua vida. (*Aplica o batom nos* lábios de Marina.) Pronto! Que tal? Posso ganhar a vida como maquiador?

MARINA

Só se for meu maquiador exclusivo. E esta roupa? Está adequada para um passeio à beira-mar?

PAULO

Encantadora, meu bem. E eu? Como estou?

MARINA

Hum, um pouco sóbrio demais, eu diria.

*Aproxima-se dele, retira seu paletó e desabotoa o primeiro bot*ão *da camisa.*

MARINA

Agora, sim, está perfeito!

O Garçom bate à porta. Marina a abre.

GARÇOM

Bom dia, senhora, (*Olha para Paulo, um sorrisinho*) senhor! Como não os vi no café da manhã, achei que poderiam estar com fome. Preparei esse lanche. (*Mostra a bandeja com café e sanduíches*)

MARINA

Muito gentil. (*Sinaliza que o Garçom entre*)

O Garçom entra e pousa a bandeja sobre a mesa.

GARÇOM

Na verdade não os vejo desde aqueles drinques coloridos... ontem... pela manhã.

MARINA

Eu... eu tive uma enxaqueca.

PAULO

... e eu... ora! Não é da sua conta, rapaz!

GARÇOM

Imagina se tivessem tomado o drinque vermelho!

MARINA (*Repreende o Garçom, bem-humorada*)

Não seja indiscreto! (*Em voz baixa*) Da próxima vez, eu tomo esse, o encarnado.

GARÇOM

Vão desembarcar em Tenerife, suponho.

MARINA

Sim, nesse cruzeiro vamos aproveitar tudo a que temos direito!

GARÇOM

Estou vendo. Que desfrutem, então! Tenham um ótimo passeio.

O Garçom sai. Paulo e Marina sentam-se à *mesa para comer o lanche.*

CENA 9

PERSONAGENS: *Paulo, Marina, Marinheiro 2 e Garçonete.*
LOCAL: *Passeio defronte ao mar e Café em Tenerife*

Marina aguarda em terra o desembarque de Paulo, que chega em uma cadeira de rodas, empurrado por um Marinheiro. O Comandante sugeriu a cadeira com receio de que as limitações de Paulo durante o desembarque incomodassem os outros passageiros.

PAULO
Eu podia muito bem ter descido as escadas. Subo e desço escadas todos os dias. Um exagero essa cadeira de rodas!

MARINHEIRO 2
Veja pelo lado positivo, senhor. O senhor não precisou fazer nenhum esforço, desceu por uma rampa exclusiva.

MARINA

Isso mesmo, querido. Veja pelo lado positivo. (*Para o Marinheiro, piscando o olho*) Acho que no próximo porto eu também vou querer desembarcar de cadeira de rodas.

MARINHEIRO 2

No seu lugar, eu faria isso, senhora Marina. Para mim, será uma satisfação conduzi-la.

O Marinheiro se afasta levando a cadeira de rodas. Paulo e Marina caminham.

PAULO

O que vamos fazer aqui em Tenerife, Marina? Não planejamos nada (*Espirituoso*), estivemos muito ocupados.

MARINA

Ah, o sol, a brisa do mar, tão agradável. Podemos nos sentar, somente, e apreciar a vista.

Marina faz um meio giro como quem procura um local, um restaurante, um Café, onde possam sentar-se.

MARINA

Ali! (*Aponta para umas mesas onde alguns turistas estão sentados, todos virados na direção do mar.*)

Caminham até o local. Paulo oferece o lugar de frente para o mar a Marina e senta-se de frente para ela, de costas para o mar.

Música.

MARINA

A vida toda escolhendo
o melhor lugar para si
e agora me surpreende
um cavalheiro, enfim:
senta de costas para o mar
cede o melhor lugar para mim.

CORO

Nunca perca a esperança
Sempre há tempo pra mudança.

O coro é formado pela Garçonete e os clientes sentados nas mesas do Café.

MARINA

Você está de costas para o mar, Paulo. Sente-se aqui ao meu lado.

PAULO

Você está tão bonita. Prefiro olhar pra você, ver o mar nos seus olhos.

A Garçonete se aproxima.

GARÇONETE
Bonjour, monsieur, madame. Qu'est-ce que vous voulez?

PAULO
Francês? Mas aqui não se fala espanhol?

GARÇONETE
Perdón, señor. Si, se habla español aquí. Es que vosotros me parecerán muy elegantes y yo pensé que eran franceses.

PAULO
Um expresso.

GARÇONETE
Curto! Também falamos português!

PAULO
Isso!

GARÇONETE (*Dirigindo-se a Marina*)
Para a *s*enhora?

MARINA
Hum, um drinque vermelho. Você tem?

PAULO
Marina, você vai beber álcool? (*Aponta o relógio*) Antes de meio-dia?

MARINA (*Em voz baixa*)
Só porque passamos a noite juntos, ele acha que é meu dono.

GARÇONETE (*Em voz baixa, para Marina*)
Temos chá gelado de hibisco, servido com espumante. Uma delícia de drinque!

MARINA (*Em voz baixa, para a Garçonete*)
Traga esse, minha filha. (*Voltando ao tom de voz normal*) Para mim, um chá de hibisco, gelado e bem refrescante, por favor, senhorita

A Garçonete afasta-se. Volta, trazendo as bebidas e serve-as enquanto o casal conversa. Ficará próxima a eles durante todo o tempo, atenta de forma discreta ao que falam.

MARINA
Sabe, meu querido, viajei muito todos esses anos em que estivemos separados, mas estou achando essa a melhor viagem da minha vida. Podia durar para sempre!

PAULO
Viajando ou não, sua companhia é encantadora, Marina.

MARINA
Não sei por que ficamos tanto tempo separados, mais de vinte anos.

PAULO
... vinte e sete anos, três meses, seis dias...

MARINA (*Emocionada*)
Você contou os dias.

PAULO (*Olhando o relógio*)
... quatro horas, vinte e quatro minutos....

MARINA
As horas e os minutos.

PAULO
... e os segundo também...

MARINA
Quanto tempo desperdiçado.

PAULO
Mas agora nada mais há de nos separar. Temos o nosso trato: "Mãos e pés atados, / no mar azul, / cada vez mais

fundo, / para sempre, / eternamente juntos". Será uma punição? Um castigo?

MARINA (*Fingindo-se esquecida*)
Trato? Que trato, Paulo? Do que você está falando, meu querido?

PAULO
O nosso plano, Marina. Que motivou nossa vinda nesse Cruzeiro.

MARINA
Hum, vagamente. (*Olha o relógio*) Está quase na hora do embarque. Vamos andando, querido? Não quero atrasar.

PAULO
Você, Marina, preocupada em não atrasar? O que será que puseram na sua bebida? Senhorita! Ah, você está aqui! A conta, por favor!

A Garçonete entrega a conta, Paulo paga, o casal se levanta e sai caminhando lentamente em direção ao porto para o embarque. A Garçonete os observa, enternecida.

CENA 10

PERSONAGENS: *Paulo, Marina, Marinheiro 1, Marinheiro 2, Garçom, Garçonete, Patrícia, Fernando, Constança, Solange e Margareth*

LOCAL: *Bote e navio*

Houve uma mudança no vento e o navio teve que se afastar do porto. Quando Paulo e Marina chegam ao local de embarque, são avisados de que *o navio está ao largo e que o embarque será feito por meio de botes. O mar está muito agitado. O bote balança de forma inquietante.*

PAULO

Teremos que embarcar nesse bote?

MARINHEIRO 1

Sim, senhor! O navio está ao largo. Os ventos mudaram. Por motivos de segurança, a embarcação teve que se afastar do porto.

Muitos passageiros já estão dentro do bote. Paulo fica apreensivo.

PAULO
Esse bote me parece um tanto frágil para tantos passageiros. Acho melhor esperarmos o próximo.

MARINHEIRO 1
Não, senhor, vai ter que ser nesse mesmo. Pode ficar tranquilo. Esse tipo de situação acontece todo dia. Nós temos experiência.

MARINA
É isso mesmo, querido. Façamos o que diz o Marinheiro. O próximo pode estar ainda mais cheio.

Os dois marinheiros ajudam Paulo a entrar no bote. Já para o embarque de Marina, basta que um marinheiro lhe dê a mão.

MARINHEIRO 2
A senhora é muito ágil! É, ou já, foi bailarina?

MARINA
Sim! (*Fazendo uma mesura*) Obrigada por perguntar, Marinheiro! Danço desde criança, bem menos agora, entretanto, do que quando era menina. Adéquo o ritmo da música ao andamento da vida.

PAULO
Marina, sente-se aqui ao meu lado.

MARINA
Sim, meu bem, já vou.

Solange, Margareth e Constança já estão na embarcação quando os idosos entram, assim como Patrícia e Fernando. Marina senta-se ao lado de Patrícia. O Garçom e a Garçonete são os últimos a embarcar. O bote parte.

PATRÍCIA
Olá, senhora Marina!

MARINA (*Para Paulo*)
Como é mesmo o nome dela?

PAULO
Acho que é Fernanda.

MARINA
Olá, Fernanda!

PATRÍCIA
É Patrícia. Fernando é o meu marido.

MARINA
Isso, Patrícia! Tudo bem, Patrícia?

PATRÍCIA

Mais ou menos. Um pouco apreensiva com esse bote.

MARINA

Não, fique tranquila! O Marinheiro disse que acontece todo dia.

PATRÍCIA

Eu não sei nadar.

MARINA

Não será preciso. Os marinheiros têm experiência.

Logo que se afasta um pouco do porto, o bote começa a ondular de forma muito intensa.

PAULO

Não estou gostando nada disso.

Uma onda mais forte molha alguns passageiros, que se agitam temerosos.

MARINHEIRO 1

Segurem-se firme, senhores! Entrou um vento sudoeste. O mar vai ficar ainda mais difícil.

MARGARETH

Ai, ai, vodca não combina com esse balanço.

SOLANGE
Calma, amiga, já estamos chegando.

CONSTANÇA (*Nervosa*)
Que nada. Olha lá o navio, está longe, estamos muito, muito distantes ainda!

SOLANGE
Fique quieta, Constança! Se não é para ajudar, fique calada!

MARINA
Você está bem, querido?

PAULO (*Enxuga o suor da testa e pescoço*)
Esses dois aí (*Aponta para os marinheiros*), não sei, não. Parecem estar querendo assustar os passageiros.

FERNANDO
Pois, para mim, falta a eles experiência, senhor Paulo. Não tenho a menor dúvida!

MARINA
Será?

FERNANDO
Pode estar certa disso, senhora Marina.

MARINHEIRO 1

Segurem mais firme ainda! Adiante, a estibordo, vem uma onda das grandes.

Alvoroço geral na embarcação. Alguns começam a chorar, outros riem de nervoso. A onda joga bastante água dentro do bote.

SOLANGE

Meu cabelo! Gastei uma fortuna no salão do navio!

CONSTANÇA

E eu? Olha só como ficou meu vestido novo. Todo molhado!

MARGARETH

Estou muito enjoada, amigas. Acho que não vou aguentar.

SOLANGE

Calma, Margareth. Estamos chegando.

CONSTANÇA (*Levantando-se*)

Vou mudar de lugar. Melhor não correr o risco de estragar de vez meu vestido.

Constança escorrega e cai de joelhos, o Marinheiro 2 a socorre. Abraça-a e ajuda-a se levantar. Ela volta a sentar-se ao lado das amigas.

CONSTANÇA (*Suspirando*)
Ah, que homem lindo! E cheiroso.

PATRÍCIA (*Apertando com força a mão do marido*)
Estou com medo, Fernando. Os nossos filhos.

FERNANDO
Que filhos, Patrícia? Nós não temos filhos.

PATRÍCIA
Mas temos plano de tê-los, Fernando. Um casal, daqui a dois anos.

MARINHEIRO 1 (*Grave*)
Senhores, logo mais à frente, está vindo uma onda muito, muito grande! Segurem-se e rezem! Que Deus nos ajude!

O bote ondula violentamente, jogando mais água sobre os passageiros.

MARINA
Estou com medo.

PAULO
Segure minha mão, Marina.

MARINA (*Com a voz trêmula*)
"Mãos e pés atados/ no mar azul,/ cada vez mais fundo,/ para sempre,/ eternamente juntos" Será uma punição? Um castigo?

PAULO
Não, meu amor. Estamos quase chegando.

MARINA (*Confessional*)
O plano, nosso trato, foi apenas um pretexto, um argumento para convencê-lo, um enredo para nos entretermos. Mas talvez eu tenha me excedido, quem sabe os deuses ouviram? Queria apenas trazê-lo comigo, nos divertirmos nesse cruzeiro. (*Pausa*) Despedirmo-nos da vida? Não! Ainda é cedo.

PAULO
Vamos refazer nosso acordo.

MARINA
Sim!

PAULO
Se escaparmos, chegarmos ao navio inteiros, sem outros danos além dos que a idade nos trouxe, esses que já temos, nesse caso, voltamos a viver juntos.

MARINA

Sim! Juntos, nossa vida vale a pena.

PAULO

Casamos novamente?

MARINA

Por que não?

O balanço do bote diminui até cessar completamente. Segue-se um solavanco final. O bote atraca no navio.

MARINHEIRO 1

Senhoras e cavalheiros, Deus esteve do nosso lado! Conseguimos! (*Os passageiros aplaudem. Paulo e Marina se abraçam.*) Em instantes estaremos todos, são e salvos, de volta à segurança do navio.

Com o auxílio dos marinheiros, Marina e Paulo são os primeiros a desembarcar. De volta ao navio, abraçam-se apaixonadamente. Os demais passageiros desembarcam. Todos se cumprimentam com entusiasmo. Paulo entrega a bengala a Fernando. O casal inicia uma dança.

Música.

GARÇOM
Quando o amor é verdadeiro
atravessa a vida inteira
persiste dentro do peito
mesmo que não se queira.
Se por acaso se rompe
por motivo fútil, mínimo,
vem o destino, ou o divino
— não sei distinguir direito —
e refaz o que está desfeito.

GARÇONETE
Mesmo sendo o senhor Paulo ranzinza
não há quem possa negar
que ele e a senhora Marina
formam um belo par.

GARÇOM
Quando o amor é infinito
não faz diferença o tempo
o passado, sempre presente,
inventa um futuro possível
e aos olhos do amante
o ser amado persiste

sempre jovem, irresistível —
por baixo da pele sem viço,
a antiga leveza de antes.

GARÇONETE
Só por fora
a senhora Marina é idosa
quando sorri ou dança
é tal como uma criança.

GARÇOM
Para não se desfazer
melhor que o amor seja brando
como o sol ao entardecer
ou o suave som de um piano
pois se o calor não sufoca,
o timbre não incomoda
e a luz não ofusca a vista
estar junto então é dádiva,
melhora o sabor da vida.

Paulo e Marina continuam dançando, mas os passos, que começaram amplos, vão ficando curtos e suaves até *se tornarem quase um balançar juntos ao som da música.*

Soa o apito do navio.

*

*   *

[agradecimentos]

Este livro tem uma pequena trajetória que o antecede. A história, que nasceu originalmente como um conto, jamais teria se transformado em um texto dramatúrgico se não fosse o encorajamento de dois preciosíssimos amigos: Soraia Paiva e Carlos Neves. À Soraia Paiva devo também o título, que ela, com sua leitura atenta e sua alma literária, encontrou em uma fala do personagem Paulo. Ao Carlos Neves, agradeço imenso as lições sobre dramaturgia, a inspiração para alguns personagens, as incontáveis sugestões, sempre acolhidas. Sem você, meu amigo, este livro não existiria.

Agradeço também Paula Giannini, dramaturga e amiga querida, por escutar com tanta generosidade meu texto, desde que o leu pela primeira vez em 2020, e agora, novamente, me presenteando com as palavras amorosas que apresentam meu livro aos seus leitores.

Elisa Ribeiro

nasceu no Rio de Janeiro e vive em Lisboa. Poeta e escritora, é autora dos livros de poesia *A perfeição dos avessos* (Folheando, 2022) e *Aragem* (Urutau, 2021) e da coletânea de contos *A segunda natureza* (Verlidelas, 2020). É coautora da dramaturgia *O condomínio do divã* (Verlidelas, 2021).